# 14.
# FEBRUAR

Das ist dein Tag

# Dein Stammbaum

| Urgroßvater | Urgroßmutter | Urgroßvater | Urgroßmutter |

Großmutter

Großvater

**Vorname und Name:**

..................................................

**Geboren am:**

..................................................

Mutter

**Uhrzeit:**

..................................................

**Gewicht und Größe:**

..................................................

**Stadt:**

Ich

..................................................

**Land:**

..................................................

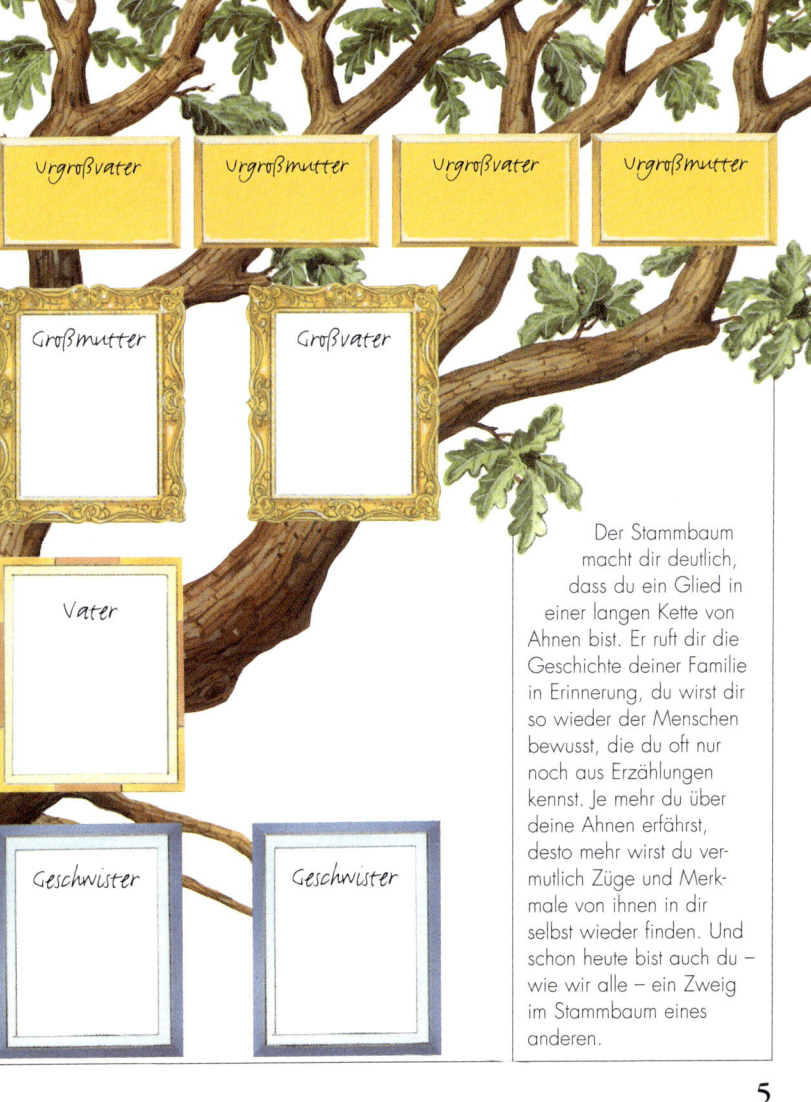

Der Stammbaum macht dir deutlich, dass du ein Glied in einer langen Kette von Ahnen bist. Er ruft dir die Geschichte deiner Familie in Erinnerung, du wirst dir so wieder der Menschen bewusst, die du oft nur noch aus Erzählungen kennst. Je mehr du über deine Ahnen erfährst, desto mehr wirst du vermutlich Züge und Merkmale von ihnen in dir selbst wieder finden. Und schon heute bist auch du – wie wir alle – ein Zweig im Stammbaum eines anderen.

## Der Kreis des Kalenders

Was wären wir ohne unseren Kalender, in dem wir Geburtstage, Termine und Feiertage notieren? Julius Cäsar führte 46 v. Chr. den Julianischen Kalender ein, der sich allein nach dem Sonnenjahr richtete. Aber Cäsar geriet das Jahr ein wenig zu kurz, und um 1600 musste eine Abweichung von zehn Tagen vom Sonnenjahr konstatiert werden. Der daraufhin von Papst Gregor XII. entwickelte Gregorianische Kalender ist zuverlässiger. Erst nach 3.000 Jahren weicht er um einen Tag ab. In Europa setzte er sich jedoch nur allmählich durch. Russland führte ihn zum Beispiel erst 1918 ein, deshalb gibt es für den Geburtstag Peters des Großen zwei verschiedene Daten.

Die Zyklen von Sonne und Mond sind unterschiedlich. Manche Kulturen folgen in ihrer Zeit-

rechnung und damit in ihrem Kalender dem Mond, andere der Sonne. Gemeinsam ist allen Kalendern, dass sie uns an die vergehende Zeit erinnern, ohne die es natürlich auch keinen Geburtstag gäbe.

## DER KREIS DES KALENDERS

Die Erde dreht sich von West nach Ost innerhalb von 24 Stunden einmal um ihre Achse und umkreist als der dritte von neun Planeten die Sonne. All diese Planeten zusammen bilden unser Sonnensystem. Die Sonne selbst ist ein brennender Ball aus gigantisch heißen Gasen, im Durchmesser mehr als 100-mal größer als die Erde. Doch die Sonne ist nur einer unter aberhundert Millionen Sternen, die unsere Milchstraße bilden; zufällig ist sie der Stern, der unserer Erde am nächsten liegt. Der Mond braucht für eine Erdumrundung etwa 28 Tage, was einem Mondmonat entspricht. Und die Erde wiederum dreht sich in 365 Tagen und sechs

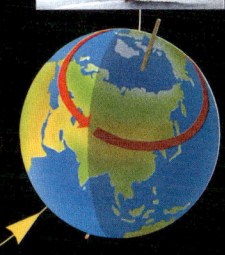

Stunden, etwas mehr als einem Jahr, um die Sonne. Das Sonnenjahr teilt sich in zwölf Monate und elf Tage, weshalb einige Monate zum Ausgleich 31 statt 30 Tage haben.

Die Erdhalbkugeln haben konträre Jahreszeiten.

# So wirken die Sterne

Die Sonne, der Mond und die Planeten folgen festen Himmelsbahnen, die sie immer wieder an zwölf unveränderten Sternbildern vorbeiführen. Ein vollständiger Umlauf wird in 360 Gradschritte unterteilt. Die Sonne befindet sich etwa einen Monat in jeweils einem dieser Zeichen, was einem Abschnitt von 30 Grad entspricht. Da die meisten dieser Sternkonstellationen von alters her Tiernamen erhielten, wurde dieser regelmäßige Zyklus auch Zodiakus oder Tierkreis genannt.

Schon früh beobachteten die Menschen, dass bestimmte Sterne ganz speziell geformte, unveränderliche Gruppen bilden. Diesen Sternbildern gaben sie Namen aus dem Tierreich oder aus der Mythologie. So entstanden unsere heutigen Tierkreiszeichen, die sich in 4.000 Jahren kaum verändert haben. Die festen Himmelsmarken waren von großem praktischen Wert: Sie dienten den Seefahrern zur Navigation. Zugleich beflügelten sie aber auch die Phantasie. Die Astrologen gingen davon aus, dass die Sterne, zusammen mit dem Mond, unser Leben stark beeinflussen, und nutzten die Tierkreiszeichen zur Deutung von Schicksal und Charakter eines Menschen.

# SO WIRKEN DIE STERNE

**WIDDER:** 21. März bis 20. April

**STIER:** 21. April bis 20. Mai

**ZWILLING:** 21. Mai bis 22. Juni

**KREBS:** 23. Juni bis 22. Juli

**LÖWE:** 23. Juli bis 23. August

**JUNGFRAU:** 24. August bis 23. September

**WAAGE:** 24. September bis 23. Oktober

**SKORPION:** 24. Oktober bis 22. November

**SCHÜTZE:** 23. November bis 21. Dezember

**STEINBOCK:** 22. Dezember bis 20. Januar

**WASSERMANN:** 21. Januar bis 19. Februar

**FISCHE:** 20. Februar bis 20. März

# Im Zeichen des Mondes

Den Tierkreiszeichen werden jeweils bestimmte Planeten zugeordnet: Dem Steinbock ist der Planet Saturn, dem Wassermann Uranus, den Fischen Neptun, dem Widder Mars, dem Stier Venus und dem Zwilling Merkur zugeordnet; der Planet des Krebses ist der Mond, für den Löwen ist es die Sonne. Manche Planeten sind auch mehreren Tierkreiszeichen zugeordnet. So ist der Planet der Jungfrau wie der des Zwillings Merkur. Der Planet der Waage ist wie bereits beim Stier Venus. Die Tierkreiszeichen Skorpion und Schütze haben in Pluto und Jupiter ihren jeweiligen Planeten.

D er Mond wandert in etwa einem Monat durch alle zwölf Tierkreiszeichen. Das heißt, dass er sich in jedem Zeichen zwei bis drei Tage aufhält. Er gibt dadurch den Tagen eine besondere Färbung, die du als Wassermann anders empfindest als andere Sternzeichen.

In welchem Zeichen der Mond heute steht, erfährst du aus jedem gängigen Mondkalender. An einem **Widder**-Tag kann plötzlich etwas Besonderes beginnen, aber es kann auch Scherben geben, wenn der Wassermann mit sich und seinen Gefühlen nicht im Reinen ist. Ein Tag, an dem der Mond im **Stier** steht, verleiht dem manchmal etwas exzentri-

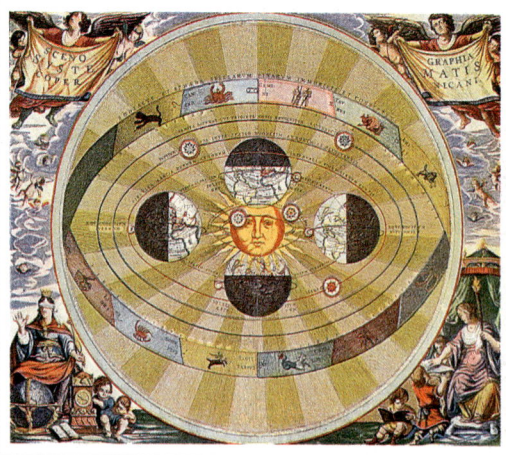

Unser Sonnensystem mit den neun Planeten

schen Wassermann mehr Gemütlichkeit als sonst. Der Mond im **Zwilling** aktiviert den Wassermann. Er setzt sich gekonnt und originell in Szene und wird so zum Mittelpunkt. Geht der Mond durch den **Krebs**, dann merkt man sogar dem distanziertesten Wassermann persönliches Mitgefühl an. Der Mond im **Löwen** ist für einen Wassermann die perfekte Verbindung von Intuition und Kreativität. An einem **Jungfrau**-Tag kann ein Wassermann endlich einmal herausfinden, ob er nicht vielleicht an der Wirklichkeit vorbei rebelliert. **Waage**-Tage machen einen Wassermann offen für Begegnungen. Steht der Mond im **Skorpion**, mangelt es dem Wassermann oft an Entscheidungskraft. Diese Szene kennt man: Ein übereifriger Cowboy springt aufs Pferd und fällt vor lauter Schwung auf der anderen Seite wieder herunter. Das könnte ein Wassermann an einem **Schütze**-Tag sein. Ist **Steinbock**-Zeit, dann entdeckt der Wassermann vielleicht, dass er die gleichen Rechte und Pflichten wie seine Mitmenschen hat. Wenn du als Wassermann an einem **Wassermann**-Tag eine tolle Idee hast, so ist das Tagesziel eigentlich erreicht. Es wäre aber zu prüfen, ob sie sich auch in die Tat umsetzen lässt. An **Fische**-Tagen liegen dem exotischen Wassermann alle zu Füßen.

# ERKENNE DICH SELBST

Der typische Wassermann ist ein geistiger Pionier, ein brillanter und visionärer Denker. Sein Leitsatz lautet: »Ich sehe das Ganze!« Er ist sehr intelligent und aufgeschlossen, aber auch eigenwillig und mit einem angeborenen Widerwillen gegen Ungerechtigkeit ausgestattet, den er auch heftig äußert. Er lässt sich nicht leicht beeinflussen, hasst jedoch Streit, und wenn er in einen verwickelt wird, versucht er, ihn zu ignorieren.

Der Wassermann ist der große Träumer unter den Tierkreiszeichen. Die unter diesem Zeichen Geborenen sind sehr neugierig, schöpferisch, intuitiv und ihrer Zeit

# WASSERMANN

oft weit voraus. Die vom unsteten Planeten Uranus beherrschten Wassermänner sind sehr impulsiv. Jedes Tierkreiszeichen wird in drei Dekaden mit jeweils eigenen Charakteristika unterteilt. Die Wassermanndekaden reichen vom 21. bis 31.1., vom 1. bis 10.2. und vom 11. bis 19.2. Allen gemeinsam ist aber ihr Streben nach Unabhängigkeit. Viele Freiheitskämpfer und Rebellen sind Wassermänner.

Seine Begeisterung für große Pläne führt andererseits dazu, dass er sich nicht um praktische Einzelheiten kümmert. Den einzelnen Tierkreiszeichen werden unter anderem bestimmte Farben, Pflanzen und Tiere zugeordnet, die als ihre Glücksbringer gelten. Die Wassermannfarben sind Kobaltblau, Pistaziengrün und alle fluoreszierenden Farben; ihr Edelstein ist der Amethyst, ihre Metalle sind Nickel und Platin; ihre Pflanzen sind der Löwenzahn und der Holunder, ihr Duft der Lavendel. An Tieren sind ihnen der Lachs, die Möwe, der Reiher, der Windhund und der Delphin zugeordnet. Ihr Glückstag ist der Samstag.

# MENSCHEN DEINER DEKADE

*Die dritte Dekade des Wassermanns wird traditionell mit dem Sternbild Cygnus, der Schwan, verbunden, das inmitten des hellen Teils der nördlichen Milchstraße liegt. Die in diesem Zeitraum Geborenen sind nachdenkliche und gebildete Menschen.*

Diese Dekade brachte so herausragende Persönlichkeiten der Geschichte hervor wie den früheren amerikanischen Präsidenten **Abraham Lincoln** (12. Februar 1809, Abb. re.), dessen größte politische Leistung die Abschaffung der Sklaverei in Amerika war, oder den Herrscher **Sahir eddin Babur** (14. Februar 1483, Abb. li.), ein Sohn des legendären Dschingis Khan, der die Dynastie der Großmoguln gründete und in der indischen Geschichte eine ähnlich bedeutende Rolle spielte wie Lincoln in der amerikanischen.
Aber auch berühmte Sportler feiern in diesem Zeitraum ihren Geburtstag: **John McEnroe** (16. Februar 1959), der dreifache Wimbledonsieger, und sein Landsmann **Michael Jordan** (17. Februar 1963), der Basket- und Baseballstar, der seine Karriere als einer der bestbezahlten Sportler der Welt beendete.

Weitere Stars sind der Amerikaner **John Travolta** (18. Februar 1954), der mit dem Film »Saturday night fever« Karriere machte; der Schauspieler **Matt Dillon** (18. Februar 1964) und **Robbie Williams** (13. Februar 1974), ehemaliges Mitglied der Gruppe »Take That«.

Auch die Modepäpstin **Mary Quant** (11. Februar 1934), die Erfinderin der Hotpants, gehört zu den Menschen, die in der dritten Wassermanndekade geboren wurden.
Auf dem Gebiet der Wissenschaft entwickelte der italieni-

## MENSCHEN DEINER DEKADE

sche Physiker **Alessandro Volta** (18. Februar 1745, Abb. re.) die Theorie vom elektrischen Strom. Ein anderer legendärer Elektrotechniker, der Amerikaner **Thomas Alva Edison** (11. Februar 1847), erfand Dinge, die die Welt verändern sollten – die Glühbirne und den Fonografen. Noch grundlegender waren die Veränderungen, die die Astronomen **Nikolaus Kopernikus** (19. Februar 1473) und **Galileo Galilei** (15. Februar 1564) sowie der Biologe **Charles Darwin** (12. Februar 1809) ihren Zeitgenossen bescherten.

Ebenfalls in dieser Dekade wurde der Franzose **Auguste Mariette** geboren (11. Februar 1821, Abb. re.), der das Ägyptische Nationalmuseum gründete und Verdis »Aida« nach Kairo brachte.

Zwei sehr bemerkenswerte Kriminalschriftsteller gehören auch zu diesem Zeitraum: **Ruth Rendell** (17. Februar 1930), die unter dem Pseudonym Barbara Vine zur Königin des Rätselhaft-Mysteriösen aufstieg, und der belgische Schriftsteller **Georges Simenon** (13. Februar 1902, Abb. li.), der die Figur des wortkargen Pariser Kommissars Jules Maigret zu Weltruhm führte.

# Ein aussergewöhnlicher Mensch

Malthus hatte sein Studium in Cambridge mit Auszeichnung abgeschlossen. Bereits während der Ausbildungszeit hatte er sich mit seiner Theorie beschäftigt. 1805 wurde er

Am 14. Februar 1766 wurde der britische Sozialforscher und Bevölkerungstheoretiker Thomas Robert Malthus geboren. Er sollte vor allem durch seine Theorie, dass das Angebot an Nahrung mit dem Bevölkerungswachstum niemals Schritt halten könne, bekannt werden. 1798 schrieb er den Aufsatz *Essay on the Principle of Population* (Abhandlung über das Bevölkerungsgesetz), der dann eines der einfluss-

14. FEBRUAR

reichsten Werke im Bereich der politischen Ökonomie wurde. Malthus erklärte darin, dass die natürliche Vermehrung des Menschen einen Zuwachs in Form einer geometrischen Reihe bewirkte, die verfügbaren Nahrungsmittel dagegen aber nur in einer arithmetischen Reihe – also nicht in gleichem Maße – zunähmen. Daher müsse das Bevölkerungswachstum durch Kriege, Hungersnöte oder Krankheiten in Schach gehalten werden.

dann der erste Professor für politische Geschichte und Ökonomie an der Fachschule der Ostindischen Kompanie, wo er bis zu seinem Tod im Jahr 1834 blieb. 1819 wurde Malthus in die *Royal Society* gewählt, und 1820 schrieb er das Buch *Grundsätze der politischen Ökonomie*, in dem er staatliche Maßnahmen zur Arbeitsbeschaffung vorschlug, um die Wirtschaft anzukurbeln. Damit nahm er die Ansichten von Keynes und Roosevelts *New Deal* um mehr als ein Jahrhundert vorweg.

# An diesem ganz besonderen Tag

Der heutige Tag, weltweit als **Valentinstag** gefeiert, ist allen Verliebten gewidmet, die sich zu diesem Anlass gerne Grüße schicken oder Blumen schenken. Inwiefern der seit dem 4. Jahrhundert besonders in Rom verehrte Märtyrer Valentin, der auch als Patron gegen die Fallsucht bekannt war, Pate für diesen Brauch stand, der aus den angelsächsischen Ländern und Frankreich stammt, bleibt ein ungelöstes Rätsel.

Am heutigen Tag im Jahr 1919 wurde auf der Pariser Friedenskonferenz die **Gründung des Völkerbundes** zur Verhinderung weiterer Kriege beschlossen. Der so kurz nach dem Ersten Weltkrieg gemachte Vorschlag des amerikanischen Präsidenten Woodrow Wilson fand die Zustimmung der Vertreter von 27 Staaten, unter denen sich der britische Premier David Lloyd George und Georges Clemenceau, der französische Vorsitzende der Konferenz, befanden. Doch auch der Völkerbund, den Wilson das »Gewissen der Welt« nannte, konnte nicht verhindern, dass 20 Jahre später ein neuer Weltkrieg ausbrach.

## 14. FEBRUAR

Am 14. Februar 1941, zwei Tage nach der Ankunft von **Erwin Rommel in Tripolis**, trafen die ersten Einheiten des deutschen Afrikakorps zur Unterstützung der italienischen Truppen ein, die Rommel dann unter seine Führung nahm. Der britischen Armee stand ein fast zwei Jahre dauernder Kampf gegen den Feind bevor, ehe die Amerikaner mit 140.000 Mann Verstärkung kamen. Im Mai des folgenden Jahres, nachdem Rommel Afrika verlassen und der deutsche General Jürgen von Arnim kapituliert hatte, gerieten mehr als 250.000 italienische und deutsche Soldaten in Gefangenschaft (Abb. S. 18 o.). In der Nacht zum 14. Februar des Jahres 1945 wurde die sächsische Stadt **Dresden**, die wegen ihres Stadtbildes auch »Elbflorenz« genannt wird, durch verheerende Luftangriffe der Alliierten in Schutt und Asche gelegt. Die ganze Nacht über hielt das Bombardement an, dem mindestens 60.000, wahrscheinlich aber sogar 245.000 Menschen zum Opfer fielen. Der britische Luftmarschall Harris wollte damit »den Kampfeswillen des Feindes brechen«. Wunderbarerweise überstand jedoch der Engel am Rathaus diese Bombennacht. Auf dem unten abgebildeten Foto blickt er gleichsam für die Zukunft mahnend auf die in Trümmern liegende Stadt.

## Ein Tag, den keiner vergisst

Am 14. Februar im Jahr 1779 wurde der große britische Seefahrer und Entdecker James Cook bei einer Auseinandersetzung mit Eingeborenen am Strand von Hawaii getötet. Als er im Januar des Vorjahres zum ersten Mal die Insel betreten hatte, waren er und seine Mannschaft mit Geschenken begrüßt worden. Es war Cooks dritte Reise in den Pazifik, und er nannte die bis dahin unbekannte Inselgruppe nach seinem Förderer, dem Earl of Sandwich, »Sandwich-Inseln«.

James Cook war nicht nur ein hervorragender Seemann und Navigator, sondern er beschäftigte sich auch mit Mathematik und Astronomie. Deshalb wurde ihm das Kommando übertragen, als die *Royal Society* beschloss, eine Expedition in den Pazifik auszurüs-

14. FEBRUAR

ten, die den für 1769 vorausgesagten Durchgang der Venus vor der Sonne beobachten sollte. Diese erste Reise führte er mit Erfolg durch, auch weil er während der Fahrt noch die Ostküste von Australien entdeckte, die er für England in Besitz nahm und *Neusüdwales* nannte. Auf seiner zweiten Expedition (1772–1775) befuhr er das gesamte, bis dahin unbekannte Südpolarmeer bis zur Packeisgrenze und erkannte, dass dahinter Land sein müsse. Seine dritte Reise, zu der er 1776 aufbrach, galt der Suche nach der Nordwestpassage. Auf dieser Fahrt entdeckte er 1778 Hawaii, wo ihn schließlich ein Eingeborener wegen eines Missverständnisses um ein Ruderboot erschlug – ein tragisches Ende für diesen großen Entdecker!

21

# Entdeckt & erfunden

Am 16. Februar 1937 ließ sich der Wissenschaftler Dr. Wallace Hume Carothers seine neue Kunstseide, das **Nylon**, patentieren. Es sollte eine der wichtigsten Textilfasern unseres Jahrhunderts werden. 1939 fertigte man dann die ersten Nylonstrümpfe (Abb. li. o.).

*Jeden Monat – manchmal sogar jeden Tag – werden Dinge erfunden, die unser tägliches Leben verändern. Auch der Februar bildet da keine Ausnahme.*

Der äußerst vielseitige amerikanische Erfinder Thomas Alva Edison stellte am 19. Februar des Jahres 1878 seinen **Walzenfonografen** vor (Abb. li. u.).

Im Februar des Jahres 1871 wurde in einer Drogerie in Hoboken (New Jersey) der erste **Kaugummi** verkauft. Sein Erfinder war der Fotograf Thomas Adams, der sich die Idee bei dem mexika-

FEBRUAR

nischen General Santa Anna abgeschaut hatte. Als es dann ab 1875 Kaugummis mit Aromastoffen gab, zog der Verkauf gewaltig an.
Am 25. Februar 1836 ließ sich der amerikanische Techniker Samuel Colt seinen berühmten **Colt .45** patentieren. Als ihm die Idee zu einer repetierenden Waffe mit einer drehbaren Kammer kam, war er noch keine 20 Jahre alt. Wenige Jahre später gründete er eine Firma für die Produktion des »Revolvers«, wie seine Erfindung auch genannt wurde.
In der Februarausgabe des »Food-Health«-Magazins wurden die von Dr. John Kellogg erfundenen Weizenflocken vorgestellt, die ersten **Frühstücksflocken** aus Getreide. Drei Jahre später führte Dr. Kelloggs Bruder William die »Cornflakes« ein.

Außerdem erhielt Andrew Becker am 10. Februar 1715 das Patent für den ersten **Taucheranzug**; am 12. Februar 1824 bot J. W. Goodrich die ersten **Gummistiefel** an, und P. Boyle veröffentlichte am 1. Februar 1792 in London das erste **Straßenverzeichnis**.

# Im Rhythmus der Natur

Die Tropen erstrecken sich vom Wendekreis des Krebses bis zu dem des Steinbocks. Dort gibt es keinen Winter wie bei uns, und einen großen Teil des Jahres herrscht warmes Wetter. Die Tage sind in den Tropen zu allen Jahreszeiten fast gleich lang.

Im Winter ist die Natur wie erstarrt. Die Tage sind kalt und kurz, der Boden ist hart und das Futter knapp. Die Säugetiere halten Winterschlaf, viele Vögel ziehen in Richtung Süden. Doch der englische Dichter Shelley meint: »Wenn der Winter kommt, kann da der Frühling noch fern sein?«

# WINTER

Der Rote Kardinal, den man an seinem Schopf und seinem leuchtenden Gefieder leicht erkennen kann, besucht im Winter in Nordamerika regelmäßig die Futterplätze. Ein frecher kleiner Vogel ist der in ganz Europa und Asien heimische Spatz. In Japan schließen sich die Spatzen im Winter zu riesigen Schwärmen zusammen, die sogar in dicht besiedelte Gebiete einfallen. Die Amsel singt zwar sehr schön, vernichtet aber Frucht und Saat, wenn der Boden zu hart ist, um darin nach Würmern zu graben. Das bei uns sehr beliebte Rotkehlchen wird im Winter kühn und wagt sich bis auf die Fensterbretter vor.

## So feiert die Welt

Viele Feste, die im Februar begangen werden, sind international. Verliebte auf der ganzen Welt sollten rechtzeitig einen Tisch für zwei bestellen, wenn sie ihre Liebe am Valentinstag (14. Februar, Abb. Mitte) feiern wollen. Die Katholiken der ganzen Welt bereiten sich auf die Fastenzeit vor, und da Enthaltsamkeit nicht leicht fällt, wird vorher kräftig gefeiert. In manchen europäischen Ländern war der Faschings- beziehungsweise Fastnachtsdienstag traditionell der Tag, an dem die Milch, Butter und Eier, die sich noch in der Küche fanden, aufgebraucht wurden. Deshalb heißt er bis heute in England »Pancake Day« (Pfannkuchentag). Für den Karneval (Abb. u.), der in der letzten Woche vor der Fastenzeit stattfindet, werden weltweit rauschende Feste vorbereitet. In Rio de Janeiro (Brasilien) arbeitet man das ganze Jahr über an den Kostümen für dieses glanzvolle Ereignis, und die Sambaschulen üben komplizierte Tänze für das große Finale im Sambadrome ein – einem riesigen Stadion, in dem sich dann 85 000 Zuschauer drängen. Auf Haiti ziehen Rara-Gruppen durch die Straßen und gießen Trankopfer aus Rum in alle vier Himmelsrichtungen.

Venedig wird in die Vergangenheit zurückversetzt und von eleganten Harlekinen und Pierrots bevölkert. Am längsten feiern jedoch die Einwohner der französischen Stadt Nizza: Dort dauert der Karneval vom ersten »Lichterballett«, bei dem 30 000 Glühbirnen leuchten, bis zum letzten Maskenball fast drei Wochen. Beim japanischen Setsubun am 3. Februar, dem Tag vor Frühlingsbeginn, wirft man mit gerösteten Bohnen, um am Ende des Winters die bösen Geister auszutreiben. In Vietnam und China begrüßt man das neue Jahr im Februar. Das Fest richtet sich nach

# FEBRUAR

dem Mondkalender und steht meist zwischen Ende Januar und Mitte Februar an. Die vietnamesischen Tet-Feiern (Abb. S. 26 o.) dauern eine Woche; am wichtigsten ist aber der erste Tag, denn er entscheidet über das ganze folgende Jahr. In China schließt sich an die Neujahrsfeierlichkeiten das Laternenfest an, bei dem man mit Fackeln nach himmlischen Geistern sucht, die im Licht des ersten Vollmonds des Mondjahres durch die Luft fliegen. In den katholischen Häusern hingegen werden an Lichtmess (2. Februar) Kerzen entzündet, um den Besuch Marias mit dem Jesuskind im Tempel von Jerusalem zu feiern, als »ein Licht, das die Heiden erleuchtet«.

Und schließlich strömen am Schneefest Yukimatsuri (5.–11. Februar, Abb. u.) zwei Millionen Touristen in die japanische Stadt Sapporo. Dort werden jedes Jahr zu einem festgelegten Thema riesige Eisskulpturen geschaffen, die oft mehrere Stockwerke hoch sind.

# DIE IDEE FÜR DEN TAG

**❶ Motiv ausschneiden**

**❷ Maske fixieren**

**❸ Maske bemalen**

### Material:

Gesichtsmaske aus Kunststoff
Karton (mittelstark)
Rundholz (40 cm lang)
Klebestreifen
Tapetenkleister
Zeitungspapier
Weiße und goldene Farbe
Bleistift
Pinsel
Cutter

**1.** Maskenmotiv ausschneiden
Die Maske auf den Karton legen und rundum eine unregelmäßige Sonne beziehungsweise den Mond aufzeichnen. Kontur ausschneiden.

**2.** Maske auf dem Motiv fixieren
Zeitungspapier in circa 4 x 15 cm große Streifen reißen, durch den angerührten Tapetenkleister ziehen und die Sonne mit der Maske in mehreren Schichten bekleben.

**3.** Maske bemalen
Nach dem Trocknen den Karton hinter der Maske herausschneiden. Die Maske rundum mit Klebestreifen auf der Pappe fixieren. Maske weiß streichen und anschließend mit goldener Farbe verzieren. Den Haltestab mit Klebestreifen auf der Rückseite befestigen.

Auch jedes andere Maskenmotiv, beispielsweise ein Tierkopf oder eine Blume, lässt sich so gestalten.

# KARNEVALSMASKEN

## Februardämmerung

Mit weißen Blumen am Fenster
lockt der Februar den Wintermüden hinaus.
Den schaudert's erst noch, aber schon bald
zieht ihn das bunte Treiben davon!